U0101527

紅樓夢第七十七回

俏丫鬟抱屈夭風流　美優伶斬情歸水月

話說王夫人見中秋已過鳳姐病也比先減了雖未大愈然亦可以出入行走得了仍命大夫每日胗脉服藥又開了丸藥方來配調經養榮丸因用上等人參二兩王夫人取時翻尋了半日只向小匣內尋了幾枝簪挺粗細的王夫人看了嫌不好命再找去又找了一大包鬚沫出來王夫人焦燥道用不着偏有但用着了再找不着成日家我叫你們查一查都歸攏一處你們自不聽就隨手混撂彩雲道想是没了就只有這個上次那邊的太太來尋了去了王夫人道没有的話你再細找找彩雲只得又去找尋拿了幾包藥材來說我們不認得這個請太太

自看除了這個没有了王夫人打開看時也都忘了不知都是什麽並没有一支人參因一面遣人去問鳳姐有無鳳姐來說也只有些參膏蘆鬚雖有幾根也不是上好的每日還要煎藥裡用呢王夫人聽了只得向邢夫人那裡問去說因上次没了纔往這裡來尋早已用完了王夫人没法只得親身過來請問賈母賈母忙命鴛鴦取出當日餘的來竟還有一大包皆有手指頭粗細不等遂秤了二兩與王夫人王夫人出來交與周瑞家的拿去令小厮送與醫生家去又命將那幾包不能辨的藥也帶了去命醫生認了各包號上一時周家的又拿了進來說

這幾樣都各包號上名字了但那一包人參固然是上好的只是年代太陳這東西比別的大不同憑是怎樣好的只過一百年後便自已成了灰了如今這個雖未成灰然已成了糟朽爛木也沒有力量的了請太太收了這個倒不拘粗細多少再換些新的倒好王夫人聽了低頭不語半日纔說這可沒法了只好去買二兩來罷也無心看那些只命都收了罷因問周瑞家的你就去說給外頭人們揀好的換二兩來倘或一時老太太問你們只說用的是老太太的不必多說周瑞家的方纔要去時寶釵因在坐乃笑道姨娘且住如今外頭人參都沒有好的雖有全枝他們也必截做兩三段鑲嵌上蘆泡鬚枝攙勻了好

賣看不得粗細我們鋪子裡常與參行交易如今我去和媽媽說了哥哥去托個夥計過去和參行裡要他二兩原枝來不妨偺們多使幾兩銀子也得了好的王夫人笑道倒是你明白但是還得你親自走一躺纔能明白於是寶釵去了半日回來說已遣人去趕晚就有回信的明日一早去配也不遲王夫人自是喜悅因說道賣油的娘子水梳頭自來家裡有的給人多少這會子輪到自已用反倒各處尋去說畢長嘆寶釵笑道這東西雖然值錢總不過是藥原該濟衆散人纔是偺們比不得那沒見世面的人家得了這個就珍藏密斂的王夫人點頭道你這話也是一時寶釵去後因見無別人在室遂喚周瑞家的問

前日園中搜檢的事情可得下落周瑞家的是已和鳳姐商議停妥一字不隱遂回明王夫人王夫人吃了一驚想到司棋係迎春丫頭乃係那邊的人只得令人去回邢氏周瑞家的回道前日那邊太太嗔着王善保家的多事打了幾個嘴巴子如今他也裝病在家不肯出頭了況且又是他外孫女兒自巳打了嘴他只好粧個忘了日久平服了再說如今我們過去回時恐怕又多心倒像似偺們多事的不如直把司棋帶過去一並連賍証與那邊太太瞧了不過打一頓配了人再指個丫頭來豈不省事如今白告訴去那邊太太再推三阻四的又說既這樣你太太就該料理又來說什麼了豈不倒就擱了倘或那丫頭

瞅空兒尋了死反不好了如今看了兩三天都有些偷懶倘一時不到豈不倒弄出事來王夫人想了一想說這也倒是快辦了這一件再辦偺們家的那些妖精周瑞家的聽說會齊了那邊幾個媳婦先到迎春房裡回明迎春迎春聽了含淚似有不捨之意因前夜之事丫頭們悄悄說了原故雖數年之情難捨但事關風化亦無可如何了那司棋亦曾求了迎春實指望能救只是迎春語言遲慢耳軟心活是不能作主的司棋見了這般知不能免因跪着哭道姑娘好狠心哄了我這兩日如今怎麽連一句話也沒有周瑞家的說道你還要姑娘留你不成便留下你也難見園裡的人了依我們的好話快快收了這樣子

倒是人不知鬼不覺的去罷大家體面些迎春手裡拿着一本書正看呢聽了這話書也不看話也不答只管扭着身子呆呆的坐着周瑞家的又催道這麽大女孩兒自已作的還不知道把姑娘都帶的不好看你還敢緊着纏磨他迎春聽了方發話道你瞧入畫也是幾年的怎麽說去就去了自然不止你兩個想這園裡凡大的都要去呢依我說將來總有一散不如各人去罷周瑞家的道所以到底是姑娘明白兒還有打發的人呢你放心罷司棋無法只得含淚與姑娘磕頭和衆人告別又向迎春耳邊說好歹打聽我受罪替我說個情兒就是主僕一場迎春亦含淚答應放心于是周瑞家的等人帶了司棋出去

又有兩個婆子將司棋所有的東西都與他拿着走了没幾步只見後頭綉橘赶來一面也擦着淚一面遞與司棋一個絹包說這是姑娘給你的主僕一場如今一旦分離這個與你做個想念罷司棋接了不覺得更哭起來了又和綉橘哭了一回周瑞家的不耐煩只管催促二人只得散了司棋因又哭告道嬸子大娘們好歹畧徇個情兒如今且歇一歇讓我到相好姊妹跟前辭一辭也是這幾年我們相好一場周瑞家的等人皆各有事做這些事便是不得已了况且又深恨他們素日大樣如今那裡工夫聽他的話因冷笑道我勸你去罷别拉拉扯扯的了我們還有正經事呢誰是你一個衣胞裡爬出來的辭他們

做什麽你不過挨一會是一會難道筭了不成依我說快走罷
一面說一面總不住脚直帶着後角門出去司棋無奈又不敢
再說只得跟了出來可巧正值寶玉從外頭進來一見帶了司
棋出去又見後面又抱着些東西料着此去再不能來了因聞
得上夜之事又晴雯的病亦因那日加重細問晴雯又不說是
爲何今見司棋亦走不覺如喪魂魄因忙攔住問道那裡去周
瑞家的等皆知寶玉素昔行爲又恐嘮叨誤事因笑道不干你
事快念書去罷寶玉笑道姐姐們且站一站我有道理周瑞家
的便道太太吩咐不許少捱時刻又有什麽道理我們只知道
太太的話管不得許多司棋見了寶玉因拉住哭道他們做不

得主好歹求求太太去寶玉不禁也傷心含淚說道我不知你
做了什麽大事晴雯也氣病着如今你又要去了這却怎麽着
好周瑞家的發躁向司棋道你如今不是副小姐了若不聽說
我就打得你了別想往日有姑娘護着任你們作耗越說着還
不好走如今有了小爺見面又拉拉扯扯成何體統那幾個婦
人不由分說拉着司棋便出去了寶玉又恐他們去告舌恨得
只瞪着他們看已走遠了方指着恨道奇怪奇怪怎麽這些人
只一嫁了漢子染了男人的氣味這就樣混賬起來比男人更
可殺了守園門的婆子聽了也不禁好笑起來因問道這樣說
凡女兒各各是好的了女人個個是壞的了寶玉點頭道不錯

不錯正說着只見幾個老婆子走來忙說道你們小心傳齊了伺候着此刻太太親自到園裡查人呢又吩咐快叫怡紅院晴雯姑娘的哥嫂來在這裡等着領出他妹子去因又笑道阿彌陀佛今日天睜了眼把這個禍害妖精退送了大家清凈些寶玉一聞得王夫人進來親查便料道晴雯也保不住了早飛也似的赶了去所以後來趂愿之話竟未聽見寶玉及到了怡紅院只見一羣人在那裡王夫人在屋裡坐着一面怒色見寶玉也不理晴雯四五日水米不曾沾牙如今現在炕上拉了下來蓬頭垢面兩個女人攙架起來去了王夫人吩咐把他貼身的衣服撂出去餘者留下給好的丫頭們穿又命把這裡所有的

丫頭們都叫來一一過目原來王夫人惟怕丫頭們教壞了寶玉乃從襲人起以至于極小的粗活小丫頭們個個親自看了一遍因問誰是和寶玉一日的生日本人不敢答應老嬤嬤指道這一個蕙香又叫做四兒的是同寶玉一日怒臉的王夫人細看了一看雖比不上晴雯一半却有幾分水秀視其行止聽明皆露在外面且也打扮得不同王夫人冷笑道這也是個没廉恥的貨他背地裡說的同日生日就是夫妻這可是你說的打諒我隔得遠都不知道呢可知我身子雖不大來我的心耳神意時時都在這裡難道我統共一個寶玉就白放心凭你們勾引壞了不成這個四兒見王夫人說着他素日和寶玉的私

語不禁紅了臉低頭垂淚王夫人即命也快把他家人叫來領出去配人又問那芳官呢芳官只得過來王夫人道唱戲的女孩子自然更是狐狸精了上次放你們你們又不願去可就該安分守已纔是你就成精鼓搗起來調唆寶玉無所不爲芳官笑辯道並不敢調唆什麽了王夫人笑道你還强嘴你連你干娘都壓倒了豈止別人因喝命喚他干娘來領去就賞他外頭我們女壻罷他的東西一槩給他吩咐上年凡有姑娘分的唱戲女孩子們一槩不許留在園裡都令其各人乾娘帶出自行聘嫁一語傳出這些乾娘皆感恩趁願不盡都約齊與王夫人磕頭領去王夫人又滿屋裡搜檢寶玉之物凡略有眼生之物一併命收捲起來拿到自已房裡去了因說這纔乾淨省得傍人口舌又吩咐襲人麝月等人你們小心往後再有一點分外之事我一槪不饒因叫人查看了今年不宜遷挪暫且挨過今年明年一並給我仍舊搬出去纔心淨說畢茶也不吃遂帶領衆人又往別處去閱人暫且說不到後文如今且說寶玉只道王夫人不過來搜檢搜檢無甚大事誰知竟這樣雷嗔電怒的來了所責之事皆係平日私語一字不爽料必不能挽回的雖心下恨不能一死但王夫人盛怒之際自不敢多言一直跟送王夫人到沁芳亭王夫人命回去好生念念那書仔細明兒問你纔已發下狠了寶玉聽如此說纔回來一路打算誰這樣犯

舌況這裡事也無人知道如何就都說着了一面想一面進来只見襲人在那裡垂淚且去了第一等的人豈不傷心便倒在床上大哭起來襲人知他心裡别的猶可獨有晴雯是第一件大事乃勸道哭也不中用你起來我告訴你晴雯已經好了他這一家去倒心淨養幾天你果然捨不得他等太太氣消了你再求老太太慢慢的叫進來也不難太太不過偶然聽了别人的閒言在氣頭上罷了寶玉道我究竟不知晴雯犯了什麽迷天大罪襲人道太太只嫌他生的太好了未免輕狂些太太是深知這樣美人是的人心裡是不能安靜的所以狠嫌他像我們這粗粗笨笨的倒好寶玉道美人是的心裡就不安靜麽你

那裡知道古來美人安靜的多着呢這也罷了偺們私自頑話怎麽也知道了又没外人走風這可奇怪了襲人道你有什麽忌諱的一時高興你就不管有人没人了我也曾使過眼色也曾遞過暗號被那人知道了你還不覺寶玉道怎麽人人的不是太太都知道了单不挑出你和麝月秋紋來襲人聽了這話心內一動低頭半日無可回答因便笑道正是呢若論我們也有頑笑不留心的去處怎麽太太竟忘了想是還有别的事等完了再發放我們也未可知寶玉笑道你是頭一個出了名的至善至賢的人他兩個又是你陶冶教育的焉得有什麽該罰之處只是芳官尚小過於伶俐些未免倚强壓倒了人惹人厭

四兒是我悞了他還是那年我和你拌嘴的那日起叫上來做細活的衆人見我待他好未免奪了地位也是有的故有今日只是晴雯也是和你們一樣從小兒在老太太屋裡過來的雖生得比人強也沒什麼妨碍着誰的去處就只是他的性情爽利口角鋒芒究竟也沒見他得罪了那一個可是你說的想是他過於生得好了反被這個好帶累了說畢復又哭起來襲人細揣此話直是寶玉有疑他之意竟不好再勸因嘆道天知道罷了此時也查不出人來了白哭一會子也無益了寶玉冷笑道原是想他自幼嬌生慣養的何嘗受過一日委屈如今是一盆纔透出嫩箭的蘭花送到猪圈裡去一般况又是一身重病裡頭一肚子悶氣他又沒有親爹熱娘只有一個醉泥鰌姑舅哥哥他這一去那裡還等得一月半月再不能見一面兩面的了說着越發心痛起來襲人笑道可是你自許州官放火不許百姓點燈我們偶說一句妨碍的話你就說不吉利你如今好好的咒他就該的了寶玉道我不是妄口咒人今年春天已有兆頭的襲人忙問何兆寶玉道這堦下好好的一株海棠花竟無故死了半邊我就知道有壞事果然應在他身上襲人聽了又笑起來說我要不說又掌不住你也太婆婆媽媽的了這樣的話怎麼是你讀書的人說的寶玉嘆道你們那裡知道不但草木凡天下有情有理的東西也和人一樣得了知已便極有

靈驗的若用大題目比就像孔子廟前的檜樹墳前的耆草諸葛祠前的栢樹岳武穆墳前的松樹這都是堂堂正大之氣千古不磨之物世亂他就枯乾了世治他就茂盛了凡千年枯了又生的幾次這不是應兆麼若是小題比就像楊太真沉香亭的木芍藥端正樓的相思樹王昭君墳上的長青草難道不也有靈驗所以這海棠亦是應着人生的襲人聽了這篇痴話又可笑又可嘆因笑道真真的這話越發說上我的氣來了那晴雯是個什麼東西就費這樣心思比出這些正經人來還有一說他縂好也越不過我的次序去就是這海棠也該先來比我也還輪不到他想是我要死的了寶玉聽說忙掩他的嘴勸道這

是何苦一個未清你又這樣起來罷了再別提這事別弄得去了三個又饒上一個襲人聽說心下暗喜道若不如此也沒個了局寶玉又道我還有一句話要和你商量不知你肯不肯現在他的東西是瞞上不瞞下悄悄的送還他去再或有偺們常日積攢下的錢拿幾吊出去給他養病也是你姊妹好了一塲襲人聽了笑道你太把我看得忒小器又沒人心了這話還等你說我纔把他的衣裳各物巳打點下了放在那裡如今白日裡人多眼雜又恐生事且等到晚上悄悄的叫宋媽給他拿去我還有攢下的幾吊錢也給他去寶玉聽了點點頭兒襲人笑道我原是久已出名的賢人連這一點子好名還不會買去不

成寶玉聽了他方纔的說又陪笑撫慰他怕他寒了心晚間果遣宋媽送去寶玉將一切人穩住便獨自得便到園子後角門央一個老婆子帶他到晴雯家去先這婆子百般不肯只說怕人知道回了太太我還吃飯不吃飯無奈寶玉死活央告又許他些錢那個婆子方帶了他去却說這晴雯當日係賴大買的還有個姑舅哥哥叫做吳貴人都叫他貴兒那時晴雯纔得十歲時常賴嬤嬤帶進來賈母見了喜歡故此賴嬤嬤就孝敬了賈母過了幾年賴大又給他姑舅哥哥娶了一房媳婦誰知貴兒一味胆小老寔那媳婦却倒伶俐又兼有幾分姿色看着貴兒無能為便每日家打扮的妖妖調調兩隻眼兒水汪汪的招

惹的賴大家人如蠅逐臭漸漸做出些風流勾當來那時晴雯已在寶玉房中他便央及了晴雯轉求鳳姐合賴大家的要過來目今兩口兒就在園子後角門外居住伺候園中買辦雜差這晴雯一時被攆出來住在他家那媳婦那裡有心腸照管吃了飯便自去串門子只剩下晴雯一人在外間屋內爬着寶玉命那婆子在外瞭望他獨掀起布簾進來一眼就看見晴雯睡在一領蘆席上幸而被褥還是舊日鋪蓋的心內不知自已怎麼纔好因上來含淚伸手輕輕拉他悄喚兩聲當下晴雯又因着了風又受了哥嫂的歹話病上加病嗽了一日纔朦朧睡了忽聞有人喚他強展雙眸一見是寶玉又驚又喜又悲又痛一

把死攥住他的手哽咽了半日方說道我只道不得見你了接着便嗽個不住寶玉也只有哽咽之分晴雯道阿彌陀佛你來得好且把那茶倒半碗我喝渴了半日叫半個人也叫不着寶玉聽說忙拭淚問茶在那裡晴雯道在爐台上寶玉看時雖有個黑煤烏嘴的吊子也不像個茶壺只得桌上去拿一個碗未到手內先聞得油羶之氣寶玉只得拿了來先拿些水洗了兩次復用自已的絹子拭了聞了聞還有些氣味沒奈何提起壺來斟了半碗看時絳紅的也不大像茶晴雯扶枕道快給我喝一口罷這就是茶了那裡比得咱們的茶呢寶玉聽說先自已嘗了一嘗並無茶味鹹澀不堪只得遞與晴雯只見晴雯如得

了甘露一般一氣都灌下去了寶玉看着眼中淚直流下來連自已的身子都不知爲何物了一面問道你有什麼說的趁着沒人告訴我晴雯嗚咽道有什麼可說的不過是挨一刻是一刻挨一日是一日我已知橫竪不過三五日的光景我就好回去了只是一件我死也不甘心我雖生得比別人好些並沒有私情勾引你怎麼一口死咬定了我是個狐狸精我今日既擔了虛名况且沒了遠限不是我說一句後悔的話早知如此我當日說到這裡氣往上咽便說不出來兩手已經氷涼寶玉又痛又急又害怕便歪在席上一隻手攥着他的手一隻手輕輕的給他搥打着又不敢大聲的叫真真萬箭攢心兩三句話時

晴雯纔哭出來寶玉拉着他的手只覺瘦如枯柴腕上猶戴着四個銀鐲因哭道除下來等好了再戴上去罷又說這一病好了又傷好些晴雯拭淚把那手用力拳回擱在口邊狠命一咬只聽咯吱一聲把兩根葱管一般的指甲齊根咬下拉了寶玉的手將指甲擱在他手中又回手扎掙着連揪帶脫在被窩內將貼身穿著的一件舊紅綾小襖兒脫下遞給寶玉不想虛弱透了的人那裡禁得這樣抖摟早喘成一處了寶玉見了他這般已經會意連忙解開外衣將自已的襖兒褪下來蓋在他身上却把這件穿上不及扣鈕只用外間衣服掩了剛繫腰時只見晴雯睁眼道你扶起我來坐坐寶玉只得扶他那裡扶得起

好容易欠起半身晴雯伸手把寶玉的襖兒往自已身上拉寶玉連忙給他披上拖着肐膊伸上袖子輕輕放倒然後將他的指甲裝在荷包裡晴雯哭道你去罷這裡腌臢你那裡受得你的身子要緊今日這一來我就死了也不枉擔了虛名一語未完只見他嫂子笑嘻嘻掀簾進來道好呀你兩個的話我已都聽見了又向寶玉道你一個做主子的跑到下人房裡來做什麽看着我年輕長的俊你敢只是來調戲我麽寶玉聽見嚇得忙陪笑央及道好姐姐快别大聲的他伏侍我一場我私自來瞧瞧他那媳婦兒點着頭兒笑道怨不得人家都說你有情有義兒的便一手拉了寶玉進裡間來笑道你要不叫我嚷這也

容易你只是依我一件事說著便自巳坐在炕沿上把寶玉拉在懷中緊緊的將兩條腿夾住寶玉那裡見過這個心內早突突的跳起來了急得滿面紅脹身上亂戰又羞又愧又怕又惱只說好姐姐别鬧那媳婦也斜了眼兒笑道呸成日家聽見你在女孩兒們身上做工夫怎麼今兒個就發起訕來了寶玉紅了臉笑道姐姐撒開手有話咱們慢慢兒的說外頭有老媽媽聽見什麼意思呢那媳婦那裡肯放笑道我早進來了已經叫那老婆子去到園門口兒等著呢我等什麼兒是的今日纔等著你了你要不依我我就嚷起來叫裡頭太太聽見了我看你怎麼樣你這麼個人只這麼大膽子兒我剛纔進來了好一會

子在窗下細聽屋內只你兩個人我只道有些個體巳話兒這樣看起來你們兩個人竟還是各不相擾兒呢我可不能像他那麼傻說著就要動手寶玉急的死往外拽正鬧着只聽窗外有人問道晴雯姐姐在這裡住呢不是那媳婦子也嚇了一跳連忙放了寶玉這寶玉已經嚇怔了聽不出聲音外邊晴雯聽見他嫂子纏磨寶玉又急又臊又氣一陣虛火上攻早昏暈過去那媳婦連忙答應着出來看不是别人却是柳五兒和他母親兩個抱着一個包袱柳家的拿着幾吊錢悄悄的問那媳婦道這是裡頭襲姑娘叫拿出來給你們姑娘的他在那屋裡呢那媳婦兒笑道就是這個屋子那裡還有屋子那柳家的領着

五兒剛進門來只見一個人影兒徃屋裡一閃柳家的素知這媳婦子不妥只打諒是他的私人看見晴雯睡着了連忙放下帶着五兒便往外走誰知五兒眼尖早巳見是寶玉便問他母親道頭裡不是襲人姐姐那裏悄悄兒的找寶二爺呢嗎柳家的道噯喲可是忘了方纔老宋媽說見寶二爺出角門來了門上還有人等着要關園門呢因回頭問那媳婦兒那媳婦兒自巳心虛便道寶二爺那裡肯到我們這屋裡來柳家的聽說便要走這寶玉一則怕關了門二則怕那媳婦子進來又纏也顧不得什麼了連忙掀了簾子出來道柳嫂子你等等我一路兒走柳家的聽了倒唬了一大跳說我的爺你怎麼跑了這裡來

了那寶玉也不答言一直飛走那柳五兒道媽你快叫住寶二爺不用忙仔細冒冒失失被人碰見倒不好况且纔出來時襲人姐姐已經打發人留了門了說著赶忙同他媽來赶寶玉這裡晴雯的嫂子乾瞅著把個妙人兒走了却說寶玉跑進角門纔把心放下來還是突突亂跳又怕五兒關在外頭眼巴巴瞅著他母女也進來了遠遠聽見裡邊嬤嬤們正查人若再遲一步就關了園門了寶玉進入園中且喜無人知道到了自己房内告訴襲人只說在薛姨媽家去的也就罷了一時鋪床襲人不得不問今日怎麼睡寶玉道不管怎麼睡罷了原來這一二年間襲人因王夫人看重了他越發自要尊重凡背人之處或

夜晚之間總不與寶玉狎昵較先小時反倒疎遠了雖無大事辦理然一應針線並寶玉及諸小丫頭出入銀錢衣履什物等事也甚煩瑣且有吐血之症故近來夜間總不與寶玉同房寶玉夜間胆小醒了便要喚人因晴雯睡卧驚醒故夜間一應茶水起坐呼喚之事悉皆委他一人所以寶玉外床只是晴雯睡着他今去了襲人只得將自已鋪蓋搬来鋪設床外寶玉發了一晚上的獃襲人催他睡下然後自睡只聽寶玉在枕上長吁短嘆復去翻来直至三更已後方漸漸安頓了襲人方放心也就朦朧睡着没半盞茶時只聽寶玉叫晴雯襲人忙連聲答應問做什麼寶玉因要茶吃襲人倒了茶来寶玉乃笑道我近來

叫慣了他却忘了是你襲人笑道他乍來你也曾睡夢中叫我的已後纔改了說着大家又睡下寶玉又翻轉了一個更次至五更方睡去時只見晴雯從外走來仍是往日形景進來向寶玉道你們好生過罷我從此就別過了說畢翻身就走寶玉忙叫時又將襲人叫醒襲人還只當他慣了口亂叫却見寶玉哭了說道晴雯死了襲人笑道這是那裡話被人聽着什麼意思寶玉那裡肯聽恨不得一時天亮了就遣人去問信及至亮時就有王夫人房裡小丫頭叫開前角門傳王夫人的話即時叫起寶玉快洗臉換了衣裳快来因今兒有人請老爺賞秋菊老爺因喜歡他前兒做的詩好故此要帶他們去這都是太太的

話你們快告訴去立逼他快來老爺在上房裡等他們吃麵茶呢環哥兒已來了快快兒的去罷我去叫蘭哥兒去了裡面的婆子聽一句應一句一面扣着鈕子一面開門襲人聽得叩門便知有事一面命人問時自己已起來了聽得這話忙催人來舀了洗臉水催寶玉起來梳洗他自去取衣因思跟賈政出門便不肯拿出十分出色的新鮮衣服來只揀那三等成色的來寶玉此時已無法只得忙忙前來果然賈政在那裡吃茶十分喜悅寶玉請了早安賈環賈蘭二人也都見過賈政命坐吃茶向環蘭二人道寶玉讀書不及你兩個論題聯和詩這種聰明你們皆不及他今日此去未免叫你們做詩寶玉須隨便助他

們兩個王夫人自來不曾聽見這等考語真是意外之喜一時候他父子去了方欲過賈母那邊來時就有芳官等三個乾娘走來回說芳官自前日蒙太太的恩典賞了出去他就瘋了似的茶飯都不吃勾引上藕官蕊官三個人尋死覓活只要剪了頭髮做尼姑去我只當是小孩子家一時出去不慣也是有的不過隔兩日就好了誰知越鬧越凶打罵着也不怕實在沒法所以來求太太或是依他們去做尼姑去或教導他們一頓賞給別人做女孩兒去罷我們沒這福王夫人聽了道胡說那裡由得他們起來佛門也是輕易進去的麼每人打一頓給他們看還鬧不鬧當下因八月十五日各廟內上供去皆有各廟內

的尼姑来送供尖因曾留下水月庵的智通與地藏庵的圓信
住下來回聽得此信就想拐兩個女孩子去做活使喚都向王
夫人說府上到底是善人家因太太好善所以感應得這些小
姑娘們皆如此雖然說佛門容易難上也要知道佛法平等我
佛立願原度一切衆生如今兩三個姑娘既然無父母家鄉又
遠他們既經了這富貴又想從小命苦入了風流行次將來知
道終身怎麽樣所以苦海回頭立意出家修修來世也是他們
的高意太太倒不要阻了善念王夫人原是個善人起先聽見
這話諒係小孩子不遂心的話將來熬不得清淨反致獲罪今
聽了這兩個拐子的話大近情理且近日家中多故又有邢夫

人遣人過来知會明日接迎春家去住兩日以偹人家相看且
又有官媒来求說探春等心緒正煩那裡着意在這些小事旣
聽此言便笑答道你兩個既這等說你們就帶了做徒弟去如
何二姑子聽了念一聲佛道善哉善哉若如此可是老人家的
陰德不小說畢便稽首拜謝王夫人道既這樣你們問他去若
果真心即上來當着我拜了師父去罷這三個女人聽了出去
果然將他三人帶来王夫人問之再三他三人已立定主意遂
與兩個姑子叩了頭又拜辭了王夫人王夫人見他們意皆决
斷知不可強了反倒傷心可憐忙命人来取了些東西来賞了
他們又送了兩個姑子些禮物從此芳官跟了水月庵的智通

蕊官藕官二人跟了藏地庵圓信各自出家去了要知後事下回分解

紅樓夢第七十七回終

紅樓夢第七十八回

老學士閑徵姽嫿詞　痴公子杜撰芙蓉誄

話說兩個尼姑領了芳官等去後王夫人便往賈母處來見賈母喜歡便趁便回道寶玉屋裡有個晴雯那個丫頭也大了而且一年之間病不離身我常見他比別人分外淘氣也懶前日又病倒了十幾天叫大夫瞧說是女兒癆所以我就赶着叫他下去了若養好了也不用叫他進來就賞他家配人去也罷了再那幾個學戲的女孩子我也做主放了一則他們都會戲口裡沒輕沒重只會混說女孩兒們聽了如何使得二則他們唱回子戲白放了他們也是應該的况丫頭們也太多若說不彀

使再挑上幾個來也是一樣賈母聽了點頭道這是正理我也正想着如此況晴雯這丫頭我看他甚好言談針線都不及他將來還可以給寶玉使喚的誰知變了王夫人笑道老太太挑中的人原不錯只是他命裡沒造化所以得了這個病俗語又說女大十八變况且有本事的人未免就有些調歪老太太還有什麽不曾經歷過的三年前我也就留心這件事先只取中了他我便留心看去他色色比人强只是不大沉重知大體莫若襲人第一雖說賢妻美妾也要性情和順舉止沉重的更好些襲人的模樣雖比晴雯次一等然放在房裡也筭是一二等的况且行事大方心地老實這幾年從未同着寶玉淘氣凡寶

玉十分胡鬧的事他只有死勸的因此品擇了二年一點不錯了我悄悄的把他丫頭的月錢止住我的月分銀子裡批出二兩銀子來給他不過使他自已知道越發小心效好之意且沒有明說一則寶玉年紀尚小老爺知道了又恐說就悞了書二則寶玉自以爲自已跟前的人不敢勸他說他反倒縱性起來所以直到今日纔回明老太太賈母聽了笑道原來這樣如此更好了襲人本來從小兒不言不語我只說是沒嘴的葫蘆既是你深知豈有大錯悞的王夫人又回今日賈政如何誇獎如何帶他們逛去賈母聽了更加喜悅一時只見迎春粧扮了前來告辭過去鳳姐也來請早安伺候早飯又說笑一回賈母歇

晌王夫人便喚了鳳姐問他丸藥可曾配來鳳姐道還不曾呢如今還是吃湯藥太太只管放心我已大好了王夫人見他精神復初也就信了因告訴攆逐晴雯等事又說寶丫頭怎麽私自回家去了你們都不知道我前兒順路都查了一查誰知蘭小子的這一個新進來的奶子也十分的妖調也不喜歡他我說與你大嫂子了好不好叫他各自去罷我因問你大嫂子寶丫頭出去難道你不知道不成他說是告訴了他的不兩三日等姨媽病好了就進來姨媽究竟沒甚大病不過是咳嗽腰疼年年是如此的他這去必有原故敢是有人得罪了他不成那孩子心重親戚們住一塲別得罪了人反不好了鳳姐笑道誰

子就常開着原是爲我走的保不住出入的人圖省走路也從那裡走又没個人盤查設若從那裡弄出事来豈不兩碍而且我進園裡來睡原不是什麽大事因前幾年年紀都小且家裡没事在外頭不如進來姊妹們在一處頑笑作針線都比在外頭一人悶坐好些如今彼此都大了况姨娘這邊歷年皆遇不遂心之事所以那園子裡倘有一時照顧不到的皆有關係惟有少幾個人就可以少操些心了所以今日不但我决意辭去此外還要勸姨娘如今該減省的就減省些也不爲失了大家的體統據我看園裡的這一項費用也竟可以免的說不得當日的話姨娘深知我家的難道我家當日也是這樣零落不成

鳳姐聽了這篇話便向王夫人笑道這話依我竟不必强他王夫人點頭道我也無可回答只好隨你的便罷了說話之間只見寶玉已回来了因說老爺還未散恐天黑了所以先叫我們回来了王夫人忙問今日可丢了醜了没有寶玉笑道不但不丢醜拐了許多東西來接着就有老婆子們從二門上小厮手内接了東西来王夫人一看時只見扇子三把扇墜三個筆墨共六匣香珠三串玉縧環三個寶玉說道這是梅翰林送的那是楊侍郎送的這是李員外送的每人一分說着又向懷中取出一個檀香小護身佛来說這是慶國公单給我的王夫人又問在席何人做何詩詞說畢只將寶玉一分令人拿着同寶玉

環蘭前來見賈母賈母看了喜歡不盡不免又問些話無奈寶玉一心記着晴雯答應完了便說騎馬顛了骨頭疼賈母便說快回房去換了衣服踈散踈散就好了不許睡寶玉聽了便忙進園來當下麝月秋紋已帶了兩個丫頭來等候見寶玉辭了賈母出來秋紋便將筆等物拿着隨寶玉進園來寶玉滿口裡說好熱一壁走一面便摘冠解帶將外面的大衣服都脫下來麝月拿著只穿着一件松花綾子夾袄襟內露出血點般大紅褲子來秋紋見這條紅褲是晴雯針線因嘆道真是物在人亡了麝月將秋紋拉了一把笑道這褲子配着松花色袄兒石青靴子越顯出靛青的頭雪白的臉來了寶玉在前只粧沒聽

見又走了兩步便止步道我要走一走這怎麼好麝月道大白日裡還怕什麼還怕丟了你不成因命兩個小丫頭跟著我們送了這些東西去再來寶玉道好姐姐等一等我再去麝月道我們去了就來兩個人手裡都有東西倒像攤執事的一個捧着文房四寶一個捧着冠袍帶履成個什麼樣子寶玉聽了正中心懷便讓他二人去了他便帶了兩個小丫頭到一塊山子石後頭悄問他二人道自我去了你襲人姐姐打發人去瞧晴雯姐姐沒有這一個答道打發宋媽瞧去了寶玉道回來說什麽小丫頭道回來說晴雯姐姐直著脖子叫了一夜今日早起就閉了眼住了口世事不知只有倒氣的分兒了寶玉忙道一

夜叫的是誰小丫頭道一夜叫的是娘寶玉拭淚道還叫誰小丫頭說没有聽見叫別人了寶玉道你糊塗想必没有聽真傍邊那一個小丫頭最伶俐聽寶玉如此說便上來說真個他糊塗又向寶玉說不但我聽得真切我還親自偷着看去的寶玉聽說忙問怎麽又親自看去小丫頭道我因想晴雯姐姐素日與別人不同待我們極好如今他雖受了委屈出去我們不能別的法子救他只親去瞧瞧也不枉素日疼我們一場就是人知道了回了太太打我們一頓也是願受的所以我拚着一頓打偷着出去瞧了一瞧誰知他平生為人聰明至死不變見我去了便睁開眼拉我的手問寶玉那去了我告訴他了他嘆了

一口氣說不能見了我就說姐姐何不等一等他回來見一面他就笑道你們不知道我不是死如今天上少了一位花神玉皇爺命我去管花兒我如今在未正二刻就上任去了寶玉須得未正三刻纔到家只少得一刻的工夫不能見面世上凡有該死的人閻王勾取了去是差些小鬼來捉人魂魄若要遲延一時半刻不過燒些紙錢澆些漿飯那鬼只顧搶錢去了該死的人就可少捱些工夫我這如今是天上的神仙來召請豈可捱得時刻我聽了這話竟不大信及進來到房裏留神看時辰表果然是未正二刻他嚥了氣正三刻上就有人來叫我們說你來了寶玉忙道你不認得字所以不知道這原是有的不但

花有一花神還有總花神但他不知做總花神去了還是單管
一樣花神這丫頭聽了一時謅不來恰好這是八月時節園中
池上芙蓉正開這丫頭便見景生情忙答道我已曾問他是管
什麽花的神告訴我們日後也好供養的他說你只可告訴寶
玉一人除他之外不可洩了天機就告訴我說他就是專管芙
蓉花的寶玉聽了這話不但不為怪亦且去悲生喜便回過頭
來看着那芙蓉笑道此花也須得這樣一個人去主管我就料
定他那樣的人必有一番事業雖然超生苦海從此再不能相
見了免不得傷感思念因又想雖然臨終未見如今且去靈前
一拜也筭盡這五六年的情意想畢忙至房中正值麝月秋紋

找來寶玉又自穿戴了只說去看黛玉遂一人出園往前次看
望之處來意為停柩在內誰知他哥嫂見他一嚥氣便回了進
去希圖早些得幾兩發送例銀王夫人聞知便命賞了十兩銀
子又命即刻送到外頭焚化了罷女兒癆死的斷不可留他哥
嫂聽了這話一面得銀一面僱人立刻入殮抬往城外化人廠
上去了剩的衣服簪環約有三四百金之數他哥嫂自收了為
後日之計二人將門鎖上一同送殯去了寶玉走來撲了一個
空站了半天並無別法只得復身進入園中及回至房中甚覺
無味因順路來找黛玉不在房中問其何往丫鬟們回說往寶
姑娘那裡去了寶玉又至蘅蕪苑中只見寂靜無人房內搬的

詭譎兩戰不勝恒王遂被賊衆所戮于是青州城内文武官員各各皆謂王尚不勝你我何爲遂將有獻城之舉林四娘得聞凶信遂聚集衆女將發令說道你我皆向蒙王恩戴天履地不能報其萬一今王既殞身國患我意亦當殞身于下爾等有愿隨者即同我前往不愿者亦早自散去衆女將聽他這樣都一齊說愿意於是林四娘帶領衆人連夜出城直殺至賊營裡頭衆賊不防也被斬殺了幾個首賊後來大家見是不過幾個女人料不能濟事遂回戈倒兵奮力一陣把林四娘等一個不曾留下倒作成了這林四娘的一片忠義之志後來報至中都天子百官無不歎息想其朝中自然又有人去勦滅天兵一到化

爲烏有不必深論只就林四娘一節衆位聽了可羨不可羨衆幕友都嘆道寔在可羨可奇寔是個妙題原該大家輓一輓纔是說着早有人取了筆硯按賈政口中之言稍加改易了幾個字便成了一篇短序遞與賈政看了賈政道不過如此他們那裡已有原序昨日因又奉恩旨着察核前代以來應加褒獎而遺落未經奏請各項人等無論僧尼乞丐女婦人等有一事可嘉即行彙送履歷至禮部備請恩獎所以他這原序也送往禮部去了大家聽了這新聞所以都要做一首姽嫿詞以志其忠義衆人聽了都又笑道這原該如此只是更可羨者本朝皆係千古未有之曠典可謂聖朝無闕事了賈政點頭道正是說話

間寶玉賈環賈蘭俱起身來看了題目賈政命他三人各弔一首誰先做成者賞佳者額外加賞賈環賈蘭二人近日當着許多人皆做過幾首了胆量愈壯今看了題目遂自去思索一時賈蘭先有了賈環生恐落後也就有了二人皆已錄出寶玉尙自出神賈政與眾人且看他二人的二首賈蘭的是一首七言絕句寫道是

姽嫿將軍林四娘　玉爲肌骨鐵爲腸
捐軀自報恒王後　此日青州土尙香

眾幕賓看了便皆大讚小哥兒十三歲的人就如此可知家學淵深真不誣矣賈政笑道稚子口角也還難爲他又看賈環的

是首五言律寫道是

紅粉不知愁　將軍意未休
掩啼離繡幕　抱恨出青州
自謂酬王德　誰能復寇仇
好題忠義墓　千古獨風流

眾人道更佳到底大幾歲年紀立意又自不同賈政道倒還不甚大錯終不懇切眾人道這就罷了三爺纔大不多幾歲俱在未冠之時如此用心做去再過幾年怕不是大阮小阮了麼賈政笑道過獎了只是不肯讀書的過失因問寶玉眾人道二爺細心鏤刻定又是風流悲感不同此等的了寶玉笑道這個題

目似不稱近體須得古體或歌或行長篇一首方能懇切衆人聽了都立起身來點頭拍手道我說他立意不同每一題到手必先度其體格宜與不宜這便是老手妙法這題目名曰姽嫿詞且既有了序此必是長篇歌行方合體式或擬溫八叉擊甌歌或擬李長吉會稽歌或擬白樂天長恨歌或擬咏古詞半敘半咏流利飄逸始能盡妙賈政聽說也合了主意遂自提筆向紙上要寫又向寶玉笑道如此甚好你念我寫若不好了我捶你的肉誰許你先大言不慚的寶玉只得念了一句道

恒王好武兼好色

賈政寫了看時搖頭道粗鄙一幕友道要這樣方古究竟不粗且看他底下的賈政道姑存之寶玉又道

遂教美女習騎射　穠歌艷舞不成歡

列陣挽戈爲自得

賈政寫出衆人都道只這第三句便古朴老健極妙這第四句平敘也最得體賈政道休謬加獎譽且看轉的如何寶玉念道

眼前不見塵沙起　將軍俏影紅燈裡

衆人聽了這兩句便都叫妙好個不見塵沙起又讀了一句俏影紅燈裡用字用句皆入神化了寶玉道

叱咤時聞口舌香　霜矛雪劍嬌難舉

衆人聽了更拍手笑道越發畫出來了當日敢是寶公也在座

見其嬌而且聞其香不然何體貼至此寶玉笑道閨閣習武任其勇悍怎似男人不問而可知嬌怯之形了賈政道還不快續這又有你說嘴的了寶玉只得又想了一想念道

丁香結子芙蓉絲

衆人都道轉蕭韻更妙這纔流利飄逸而且這句子也綺靡秀媚得妙賈政寫了道這一句不好已有過了口舌香嬌難與何必又如此這是力量不加故又弄出這些堆砌貨來唐塞寶玉笑道長歌也須得要些詞藻點綴點綴不然便覺蕭索賈政道你只顧說那些這一句底下如何轉至武事呢若再多說兩句豈不蛇足了寶玉道如此底下一句兜轉煞住想也使得賈政

冷笑道你有多大本領上頭說了一句大開門的散話如今又要一句連轉帶煞豈不心有餘而力不足呢寶玉聽了垂頭想了一想說了一句道

不繫明珠繫寶刀

忙問這一句可還使得衆人拍案叫絕賈政笑道且放着再續寶玉道使得我便一氣聯下去了若使不得索性塗了我再想別的意思出來再另措詞賈政聽了便喝道多話不好了再做便做十篇百篇還怕辛苦了不成寶玉聽說只得想了一會便念道

戰罷夜闌心力怯　脂痕粉漬污鮫綃

賈政道這又是一段了底下怎麽樣寶玉道

明年流寇走山東　强吞虎豹勢如蜂

衆人道好個走字便見得高低了且通句轉的也不板寶玉又念道

王率天兵思剿滅　一戰再戰不成功

腥風吹折隴中麥　日照旌旗虎帳空

青山寂寂水澌澌　正是恒王戰死時

雨淋白骨血染草　月冷黃昏鬼守尸

衆人都道妙極妙極佈置叙事詞藻無不盡美且看如何至四娘必另有妙轉奇句寶玉又念道

紛紛將士只保身　青州眼見皆灰塵

不期忠義明閨閣　憤起恒王得意人

衆人都道鋪叙得委婉賈政道太多了底下只怕累贅呢寶玉又道

恒王得意數誰行　姽嫿將軍林四娘

號令秦姬驅趙女　濃桃艷李臨疆場

繡鞍有淚春愁重　鐵甲無聲夜氣凉

勝負自難先預定　誓盟生死報前王

賊勢猖獗不可敵　柳折花殘血凝碧

馬踐胭脂骨髓香　魂依城郭家鄉隔

星馳時報入京師　誰家兒女不傷悲
天子驚慌愁失守　此時文武皆垂首
何事文武立朝綱　不及閨中林四娘
我為四娘長嘆息　歌成餘意尚彷徨

念畢眾人都大讚不止又從頭看了一遍賈政笑道雖說幾句到底不大懇切因說去罷三人如放了赦的一般一齊出來各自回房眾人皆無別話不過至晚安歇而已獨有寶玉一心悽楚回至園中猛見池上芙蓉想起小丫環說晴雯做了芙蓉之神不覺又喜歡起來乃看着芙蓉嗟嘆了一會忽又想起死後並未至靈前一祭如今何不在芙蓉前一祭豈不盡了禮想畢

便欲行禮忽又止道雖如此亦不可太草率了須得衣冠整齊奠儀周備方為誠敬想了一想古人云潢汙行潦荇藻蘋蘩之賤可以羞王公薦鬼神原不在物之貴賤全在心之誠敬而已然非自作一篇誄文這一段悽慘酸楚竟無處可以發洩了因用晴雯素日所喜之冰鮫縠一幅楷字寫成名曰芙蓉女兒誄前序後歌又備了晴雯素喜的四樣吃食于是黃昏人靜之時命那小丫頭捧至芙蓉前先行禮畢將那誄文即掛于芙蓉枝上乃泣涕念曰

維太平不易之元蓉桂競芳之月無可奈何之日怡紅院濁玉謹以羣花之蕊冰鮫之縠沁芳之泉楓露之茗四者

雖微聊以達誠申信乃致祭於白帝宮中撫司秋艷芙蓉
女兒之前曰竊思女兒自臨人世迄今凡十有六載其先
之鄉籍姓氏湮淪而莫能考者久矣而玉得於衾枕櫛沐
之間棲息宴遊之夕親暱狎褻相與共處者僅五年八月
有奇憶女曩生之昔其爲質則金玉不足喻其貴其爲體
則冰雪不足喻其潔其爲神則星日不足喻其精其爲貌
則花月不足喻其色姊娣悉慕媖嫻嫗媼咸仰慧德孰料
鳩鴆惡其高鷹鷙翻遭罦罬薋葹妒其臭茝蘭竟被芟鉏
花原自怯豈奈狂飈柳本多愁何禁驟雨偶遭蠱蠆之讒
遂抱膏肓之疾故櫻唇紅褪韻吐呻吟杏臉香枯色陳顑

頷諑謠謑詬出自屏帷荊棘蓬榛蔓延牕戶既懷幽沉於
不盡復含冤屈於無窮高標見嫉閨閫恨比長沙貞烈遭
危巾幗慘於雁塞自蓄辛酸誰憐夭折仙雲既散芳趾難
尋洲迷聚窟何來卻死之香海失靈槎不獲回生之藥眉
黛烟青昨猶我畫指環玉冷今倩誰溫鼎爐之剩藥猶存
襟淚之餘痕尚漬鏡分鸞影愁開麝月之奩梳化龍飛哀
折檀雲之齒委金鈿于草莽拾翠盒于塵埃樓空鳷鵲徒
懸七夕之針帶斷鴛鴦誰續五絲之縷況乃金天屬節白
帝司時孤衾有夢空室無人桐階月暗芳魂與倩影同消
蓉帳香殘嬌喘共細腰俱絕連天衰草豈獨蒹葭匝地悲

聲無非蟋蟀露堦晚砌穿簾不度寒砧雨荔秋垣隔院希
聞怨笛芳名未泯簷前鸚鵡猶呼艷質將亡檻外海棠預
萎捉迷屏後蓮瓣無聲鬥草庭前蘭芳枉待抛殘繡線銀
箋綵袖誰裁褶斷冰絲金斗御香未熨昨承嚴命既趁車
而遠陟芳園今犯慈威復拄杖而遺抛孤柩及聞慧棺被
燹頓違共穴之情石槨成灾愧逮同灰之誚爾乃西風古
寺淹滯青燐落日荒坵零星白骨楸榆颯颯蓬艾蕭蕭隔
霧壙以啼猿遶烟塍而泣鬼豈道紅綃帳裡公子情深始
信黃土隴中女兒命薄汝南泪血斑斑灑向西風梓澤餘
衷默默訴憑冷月嗚呼固鬼蜮之為灾豈神靈之有妬毁

諑奴之口討豈從寬剖悍婦之心忿猶未釋在卿之塵緣
雖淺而玉之鄙意尤深因蓄惓惓之思不禁諄諄之問始
知上帝垂旌花宮待詔生儕蘭蕙死轄芙蓉聽小婢之言
似涉無稽據濁玉之思深為有據何也昔葉法善攝魂以
撰碑李長吉被詔而為記事雖殊其理則一也故相物以
配才苟非其人惡乃濫乎始信上帝委托權衡可謂至洽
至協庶不負其所秉賦也因希其不昧之靈或陟降於茲
特不揣鄙俗之詞有汚慧聽乃歌而招之曰天何如是之
蒼蒼兮乘玉虬以遊乎穹窿耶地何如是之茫茫兮駕瑤
象以降乎泉壤耶望繖蓋之陸離兮抑箕尾之光耶列羽

葆而爲前導兮衛危虛於傍耶驅豐隆以爲庇從兮望舒月以臨耶聽車軌而伊軋兮御鸞鷖以征耶聞馥郁而飄然兮紛蘅杜以爲佩耶爛裙裾之爍爍兮鏤明月以爲璫耶藉葳蕤而成壇畤兮檠蓮焰以燭蘭膏耶文匏瓟以爲觶斝兮灑醽醁以浮桂醑耶瞻雲氣而凝眸兮彷彿有所覘耶俯波痕而屬耳兮恍惚有所聞耶期汗漫而無際兮捐棄予於塵埃耶倩風廉之爲余驅車兮冀聯轡而攜歸耶余中心爲之慨然兮徒嗷嗷而何爲耶卿偃然而長寢兮豈天運之變於斯耶既窀穸且安穩兮反其真而又奚化耶余猶桎梏而懸附兮靈格余以嗟來耶來兮止兮卿

其來耶若夫鴻濛而居寂靜以處雖臨于茲余亦莫覩搴烟蘿而爲步障列蒼蘼而森行伍警柳眼之貪眠釋蓮心之味苦素女約于桂岩宓妃迎於蘭渚弄玉吹笙寒簧擊敔徵嵩嶽之妃啟驪山之姥龜呈洛浦之靈獸作咸池之舞潛赤水兮龍吟集珠林兮鳳翥爰格爰誠匪簠匪簋發軔乎霞城還旌乎元圃既顯微而若逋復氤氳而倏阻離合兮烟雲空濛兮霧雨塵霾斂兮星高溪山麗兮月午何心意之怦怦若寤寐之栩栩余乃欷歔悵怏泣涕徬徨人語兮寂歷天籟兮篔簹鳥驚散而飛魚唼喋以響誌哀兮是禱成禮兮期祥嗚呼哀哉尚饗

讀畢遂焚帛奠茗依依不捨小丫鬟催至再四方纔回身忽聽山石之後有一人笑道且請留步二人聽了不覺大驚那小丫嬛回頭一看却是個人影從芙蓉花裡走出來他便大叫不好有鬼晴雯真來顯魂了唬得寶玉也忙看時究竟是人是鬼下回分解

紅樓夢第七十八回終

紅樓夢第七十九回

薛文龍悔娶河東吼　賈迎春悞嫁中山狼

話說寶玉纔祭完了晴雯只聽花陰中有個人聲倒唬了一跳細看不是別人却是黛玉滿面含笑口內說道好新奇的祭文可與曹娥碑並傳了寶玉聽了不覺紅了臉笑答道我想着世上這些祭文都過於熟爛了所以改個新樣原不過是我一時的頑意兒誰知被你聽見了有什麼大使不得的何不改削改削黛玉道原稿在那裡倒要細細的看看長篇大論不知說的是什麼只聽見中間兩句什麼紅綃帳裡公子情深黃土隴中女兒命薄這一聯意思却好只是紅綃帳裡未免俗濫些放着

現成的真事爲什麼不用寶玉忙問什麼現成的真事黛玉笑道偺們如今都係霞彩紗糊的窗槅何不說茜紗窗下公子多情呢寶玉聽了不禁跌足笑道好極好極到底是你想得出說得出可知天下古今現成的好景好事儘多只是我們愚人想不出來罷了但只一件雖然這一改新妙之極却是你在這裡住着還可已我寔不敢當說着又連說不敢黛玉笑道何妨我的窗即可爲你之窗何必如此分晰也太生疎了古人異姓陌路尚然肥馬輕裘敝之無憾何况偺們寶玉笑道論交道不在肥馬輕裘即黃金白璧亦不當錙銖較量倒是這唐突閨閣上頭却萬萬使不得的如今我索性將公子女兒改去竟算是你

如今孫家只有一人在京現襲指揮之職此人名喚孫紹祖生得相貌魁梧體格健壯弓馬嫻熟應酬權變年紀未滿三十且又家資饒富現在兵部候缺題陞因未曾娶妻賈赦見是世交子侄且人品家當都相稱合遂擇為東床嬌壻亦曾回明賈母賈母心中却不十分願意但想兒女之事自有天意况且他親父主張何必出頭多事因此只說知道了三字餘不多及賈政又深惡孫家雖是世交不過是他祖父當日希慕榮寧之勢有不能了結之事挽拜在門下的並非詩禮名族之裔因此倒勸諫過兩次無奈賈赦不聽也只得罷了寶玉却未曾會過這孫紹祖一面的次日只得過去聊以塞責只聽見那娶親的日子甚

近不過今年就要過門的又見邢夫人等回了賈母將迎春接出大觀園去越發掃興每每痴痴呆呆的不知作何消遣又聽說要陪四個丫頭過去更又跌足道從今後這世上又少了五個清爭人了因此天天到紫菱洲一帶地方徘徊瞻顧見其軒窗寂寞屏帳翛然不過只有幾個該班上夜的老嫗再看那岸上的蓼花葦葉也都覺搖搖落落似有追憶故人之態迥非素常逞妍鬥色可比所以情不自禁乃信口吟成一歌曰

池塘一夜秋風冷　吹散芰荷紅玉影
蓼花菱葉不勝悲　重露繁霜壓纖梗
不聞永晝敲棋聲　燕泥點點污棋枰

古人惜別憐朋友　況我今當手足情

寶玉方纔吟罷忽聞背後有人笑道你又發什麽獃呢寶玉回頭忙看是誰原來是香菱寶玉忙轉身笑問道我的姐姐你這會子跑到這裡來做什麽許多日子也不進來逛逛香菱拍手笑嘻嘻的說道我何曾不要來如今你哥哥回來了那裡比先時自由自在的了纔剛我們太太使人找你鳳姐姐去竟沒有找着說往園子裡來了我聽見這個話我就討了這個差進來找他遇見他的丫頭說在稻香村呢如今我往稻香村去誰知又遇見了你我還要問你襲人姐姐這幾日可好怎麽忽然把個晴雯姐姐也沒了到底是什麽病二姑娘搬出去的好快你

瞧瞧這地方一時間就空落落的了寶玉只有一味答應又讓他同到怡紅院去吃茶香菱道此刻竟不能等我找着璉二奶奶說完了正經事再來寶玉道什麽正經事這般忙香菱道爲你哥哥娶嫂子的事所以要緊寶玉道正是說的到底是那一家的只聽見吵嚷了這半年今兒又說張家的好明兒又要李家的後兒又議論王家的這些人家的女兒他也不知造了什麽罪叫人家好端端的議論香菱道如今定了可以不用扯扯別家了寶玉忙問道定了誰家的香菱道因你哥哥上次出門時順路到了個親戚家去這門親原是老親且又和我們是同在戶部掛名行商也是數一數二的大門戶前日說起來時你們

了寶玉笑道這有什麼不懂的只怕再有個人來薛大哥就不肯疼你了香菱聽了不覺紅了臉正色道這是怎麼說素日偺們都是斯抬斯敬今日忽然提起這些事來怪不得人人都說你是個親近不得的人一面說一面轉身走了寶玉見他這樣便悵然如有所失獃獃的站了半日只得沒精打彩還入怡紅院來一夜不曾安睡種種不寧次日便懶進飲食身體發熱也因近日抄揀大觀園逐司棋別迎春悲晴雯等羞辱驚恐悲悽所致兼以風寒外感遂致成疾臥床不起賈母聽得如此天天親來看視王夫人心中自悔不合因晴雯過于逼責了他心中雖如此臉上却不露出只吩咐衆奶娘等好生服侍看守一日

兩次帶進醫生來診脉下藥一月之後方纔漸漸的痊愈好生保養過百日方許動葷腥油麵方可出門行走這百日內院門前皆不許到只在房中頑笑四五十日後就把他拘的火星亂迸那裡忍耐得住雖百般設法無奈賈母王夫人執意不從也只得罷了因此和些丫環們無所不至恣意耍笑又聽得薛蟠那裡擺酒唱戲熱鬧非常已娶親入門聞得這夏家小姐十分俊俏也畧通文翰寶玉恨不得就過去一見纔好再過些時又聞得迎春出了閣寶玉思及當時姊妹耳鬢斯磨從今一別縱得相逢必不得似先前這等親熱了眼前又不能去一望真令人淒惶不盡少不得潛心忍耐暫同這些丫鬟們厮鬧釋悶幸

免賈政責備逼迫讀書之難這百日內只不曾拆毀了怡紅院和這些丫頭們無法無天凡世上所無之事都頑耍出來如今且不消細說且說香菱自那日搶白了寶玉之後自爲寶玉有意唐突從此倒要遠避他些纔好因此以後連大觀園也不輕易進來了日日忙亂着薛蟠娶過親自爲得了護身符自巳身上分去責任到底比這樣安靜些二則又知是個有才有貌的佳人自然是典雅和平的因此心中盼過門的日子比薛蟠還急十倍好容易盼得一日娶過了門他便十分殷勤小心伏侍原來這夏家小姐今年方十七歲生得亦頗有姿色亦頗識得幾個字若論心中的邱壑涇渭頗步熙鳳的後塵只吃虧了一

件從小時父親去世的早又無同胞兄弟寡母獨守此女嬌養溺愛不啻珍寶凡女兒一舉一動他母親皆百依百順因此未免釀成個盜跖的情性自巳尊若菩薩他人穢如糞土外具花柳之姿內秉風雷之性在家中和丫嬛們使性賭氣輕駡重打的今日出了閣自爲要作當家的奶奶比不得做女兒時靦腆温柔須要拿出威風來纔鈐壓得住人况且見薛蟠氣質剛硬舉止驕奢若不趁熱竈一氣炮製將來必不能自豎旗幟矣又見有香菱這等一個才貌俱全的愛妾在室越發添了宋太祖滅南唐之意因他家多桂花他小名就叫做金桂他在家時不許人口中帶出金桂二字來凡有不留心誤道一字者他便定

要苦打重罰纔罷他因想桂花二字是禁止不住的須得另換一名想桂花曾有廣寒嫦娥之說便將桂花改為嫦娥花又寓自已身分如此薛蟠本是個憐新棄舊的人且是有酒膽無飯力的如今得了這一個妻子正在新鮮興頭上凡事未免儘讓他些那夏金桂見是這般形景便也試着一步緊似一步一月之中二人氣槪都還相平至兩月之後便覺薛蟠的氣概漸次的低矮了下去一日薛蟠的酒後不知要行何事先與金桂商議金桂執意不從薛蟠便忍不住便發了幾句話賭氣自行了金桂便哭的如醉人一般茶湯不進粧起病來請醫療治醫生又說氣血相逆當進寬胸順氣之劑薛姨媽恨得駡了薛蟠一

頓說如今娶了親眼前抱兒子了還是這樣胡鬧人家鳳凰似的好容易養了一個女兒比花朶兒還輕巧原看的你是個人物纔給你做老婆你不說收了心安分守已一心一計和和氣氣的過日子還是這樣胡鬧喝了黃湯折磨人家這會子花錢吃藥白遭心一夕話說得薛蟠後悔不迭反來安慰金桂金桂見婆婆如此說越發得了意更粧出些張致來不理薛蟠薛蟠没了主意惟有自軟而已好容易十天半月之後纔漸漸的哄轉過金桂的心來自此便加一倍小心氣槩不免又矮了半截下來那金桂見丈夫旗纛漸倒婆婆良善也就漸漸的持戈試馬先時不過挾制薛蟠後來倚嬌作媚將及薛姨媽後將至寶

釵實釵久察其不軌之心每每隨机應變暗以言語彈壓其志金桂知其不可犯便欲尋隙苦得無隙可乘倒只好曲意俯就一日金桂無事因和香菱閑談問香菱家鄉父母香菱皆答忘記金桂便不悅說有意欺瞞了他因問香菱二字是誰起的香菱便答道姑娘起的金桂冷笑道人人都說姑娘通只這一個名字就不通香菱忙笑奶奶若說姑娘不通奶奶沒合姑娘講究過說起來他的學問連偺們姨老爺時常還誇的呢欲知香菱說出何話且聽下回分解

紅樓夢第七十九回終

紅樓夢第八十回

美香菱屈受貪夫棒　王道士胡謅妬婦方

話說金桂聽了將脖項一扭嘴唇一撇鼻孔裡哧哧兩聲冷笑道菱角花開誰見香來若是菱角香了正經那些香花放在那裡可是不通之極香菱道不獨菱花香就連荷葉蓮蓬都是有一股清香的但他原不是花香可比若靜日靜夜或清早半夜細領畧了去那一股清香比是花都好聞呢就連菱角雞頭葦葉蘆根得了風露那一股清香也是令人心神爽快的金桂道依你說這蘭花桂花倒香的不好了香菱說到熱鬧頭上忘了忌諱便接口道蘭花桂花的香又非別的香可比一句未完金桂的丫嬛名喚寶蟾的忙指着香菱的臉說道你可要死你怎麽叫起姑娘的名字來香菱猛省了反不好意思忙陪笑說一時順了嘴奶奶别計較金桂笑道這有什麽你也太小心了但只是我想這個香字到底不妥意思要換一個字不知你服不服香菱笑道奶奶說那裡話此刻連我一身一體俱是奶奶的何得換一個名字反問我服不服叫我如何當得起奶奶說那一個字好就用那一個金桂冷笑道你雖說得是只怕姑娘多心香菱笑道奶奶原來不知當日買了我時原是老太太使喚的故此姑娘起了這個名字後來伏侍了爺就與姑娘無涉了如今又有了奶奶益發不與姑娘相干且姑娘又是極明白的

人如何惱得這些呢金桂道旣這樣說香字竟不如秋字妥當菱角菱花皆盛于秋豈不比香字有来歴些香菱笑道就依奶奶這樣罷了自此後遂改了秋字寶釵亦不在意只因薛蟠是天性得隴望蜀的如今娶了金桂又見金桂的丫頭寶蟾有三分姿色舉止輕浮可愛便時常要茶要水的故意撩逗他寶蟾雖亦解事只是怕金桂不敢造次且看金桂的眼色金桂亦覺察其意想著正要擺佈香菱無處尋隙如今他旣看上寶蟾我且捨出寶蟾與他他一定就和香菱踈遠了我再乘他踈遠之時擺佈了香菱那時寶蟾原是我的人也就好處了打定了主意俟機而發這日薛蟠晚間微醺又命寶蟾倒茶來吃薛蟠接

碗時故意揑他的手寶蟾又喬粧躱閃連忙縮手兩下失悞豁啷一聲茶碗落地潑了一身一地的茶薛蟠不好意思佯說寶蟾不好生拿着寶蟾說姑爺不好生接金桂冷笑道兩個人的腔調兒都𣪍使的了別打諒誰是傻子薛蟠低頭微笑不語寶蟾紅了臉出去一時安歇之時金桂便故意的攆薛蟠別處去睡省的得了饞癆是的薛蟠只是笑金桂道要做什麽和我說別偷偷摸摸的不中用薛蟠聽了仗着酒盖臉就勢跪在被上拉着金桂笑道好姐姐你若把寶蟾賞了我你要怎樣就怎樣你要活人腦子也弄來給你金桂笑道這話好不通你愛誰說明了就收在房裡省得別人看着不雅我可要什麽呢薛蟠得

了這話喜的稱謝不盡是夜曲盡丈夫之道竭力奉承金桂次日也不出門只在家中廝鬧越發放大了胆了至午後金桂故意出去讓個空兒與他二人薛蟠便拉拉扯扯的起来寶蟾心裡也知八九了也就半推半就正要入港誰知金桂是有心等候的料着在難分之際便叫小丫頭小捨兒過来原來這小丫頭也是金桂在家從小使喚的因他自小父母雙亡無人看管便大家叫他做小捨兒專做些粗活金桂如今有意獨喚他來吩咐道你去告訴秋菱到我屋裡將我的絹子取来不必說我說的小捨兒聽了一逕去尋着秋菱說菱姑娘奶奶的絹子忘記在屋裡了你去取了來送上去豈不好秋菱正因金桂近日

每每的挫折他不知何意百般竭力挽回聽了這話忙往房裡來取不防正遇見他二人推就之際一頭撞了進去自巳倒羞的耳面通紅轉身廻避不及薛蟠自為是過了明路的除了金桂無人可怕所以連門也不掩這會秋菱撞來故雖不十分在意無奈寶蟾素日最是說嘴要強的今既遇了秋菱便恨無地可入忙推開薛蟠一逕跑了口內還怨恨不絕說他强姦力逼薛蟠好容易哄得上手却被秋菱打散不免一腔的興頭變做了一腔的惡怒都在秋菱身上不容分說赶出來啐了兩口罵道死娼婦你這會子做什麼來撞屍遊魂秋菱料事不好三步兩步早已跑了薛蟠再來找寶蟾已無踪跡了于是只恨得罵

秋菱至晚飯後已吃得醺醺然洗澡時不防水略熱了些燙了脚便說秋菱有意害他他赤条精光赶着秋菱踢打了兩下秋菱雖不受過這氣苦既到了此時也說不得了只好自悲自怨各自走開彼時金桂已暗和寶蟾說明今夜令薛蟠在秋菱房中去成親命秋菱過來陪自已安睡先是秋菱不肯金桂說他嫌腌臢了再必是圖安逸怕夜裡勞動伏侍又罵說你没見世面的主子見一個愛一個把我的霸佔了去又不叫你來到底是什麼主意想必是逼死我就罷了薛蟠聽了這話又怕鬧黃了寶蟾之事忙又赶來罵秋菱不識抬舉再不去就要打了秋菱無奈只得抱了鋪盖來金桂命他在地下鋪着睡秋菱只得

依命剛睡下便叫倒茶一時又要搥腿如是者一夜七八次總不使其安逸穩卧片時那薛蟠得了寶蟾如獲珍寶一槩都置之不顧恨得金桂暗暗的發恨道且叫你樂幾天等我慢慢的擺佈了他那時可別怨我一面隱忍一面設計擺佈秋菱半月光景忽又粧起病来只說心痛難忍四肢不能轉動療治不效衆人都說是秋菱氣的鬧了兩天忽又從金桂枕頭内抖出個紙人來上面寫着金桂的年庚八字有五根針釘在心窩並肋肢骨縫等處於是衆人當作新聞先報與薛姨媽薛姨媽先忙手忙脚的薛蟠自然更亂起來立刻要拷打衆人金桂道何必寃枉衆人大約是寶蟾的鎮魔法兒薛蟠道他這些時並没多

空見在你房裡何苦賴好人金桂冷笑道除了他還有誰莫不是我自巳害自巳不成雖有別人如何敢進我的房呢薛蟠道秋菱如今是天天跟着你他自然知道先拷問他就知道了金桂冷笑道拷問誰誰肯認依我說竟粧個不知道大家丟開手罷了橫豎治死我也沒什麼要緊樂得再娶好的若據良心上說左不是你三個多嫌我一面說着一面痛哭起來薛蟠更被這些話激怒順手抓起一根門閂來一逕搶步找着秋菱不容分說便劈頭劈臉渾身打起來一口只咬定是秋菱所施秋菱叫屈薛姨媽跑來禁喝道不問明白就打起人來了這了頭伏侍這幾年那一件不小心他豈肯如今做這沒良心的事你且

問個清渾皂白再動粗鹵金桂聽見他婆婆如此說怕薛蟠心軟意活了便發聲喪氣大哭起來說這半個多月把我的寶蟾霸佔了去不容進我的房惟有秋菱跟着我睡我要拷問寶蟾你又護在頭裡你這會子又賭氣打他去治死我再揀富貴的標緻的娶來就是了何苦做出這些把戲來薛蟠聽了這些話越發着了急薛姨媽聽見金桂句句挾制着兒子百般惡賴的樣子十分可恨無奈兒子偏不硬氣已是被他挾制軟慣了如今又勾搭上了頭被他說霸佔了去自已還要占溫柔讓夫之禮這魘魔法究竟不知誰做的正是俗語說的好清官難斷家務事此時正是公婆難斷床幃的事了因無法只得賭氣喝薛

蟠說不爭氣的孽障狗也比你體面些誰知你三不知的把陪房丫頭也摸索上了叫老婆說霸佔了丫頭什麽臉出去見人也不知誰使的法子也不問淸就打人我知道你是個得新棄舊的東西白辜負了當日的心他旣不好你也不許打我卽刻叫人牙子來賣了他你就心淨了說着又命秋菱收拾了東西跟我來一面叫人去快叫個人牙子來多少賣幾兩銀子拔去肉中刺眼中釘大家過太平日子薛蟠見母親動了氣早已低了頭金桂聽了這話便隔着牕子往外哭道你老人家只管賣人不必說着一個拉着一個的我們狠是那吃醋拈酸容不得下人的不成怎麽拔去肉中刺眼中釘是誰的釘誰的刺但凡

多嫌着他也不肯把我的丫鬟也收在房裡了薛姨媽聽說氣得身戰氣咽道這是誰家的規矩婆婆在這裡說話媳婦隔着牕子拌嘴虧你是舊人家的女兒滿嘴裡大呼小喊說的是什麽薛蟠急得跺脚說罷喲罷喲看人家聽見笑話金桂意謂一不做二不休越發喊起來了說我不怕人笑話你的小老婆治害我我倒怕人笑話了再不然留下他賣了我誰還不知道薛家有錢行動拿錢墊人又有好親戚挾制着別人你不趁早施爲還等什麽嫌我不好誰叫你們瞎了眼三求四告的跑了我們家做什麽去了一面哭喊一面自已拍打薛蟠急得說又不好勸又不好打又不好央告又不好只是出入噯聲歎氣抱怨

說運氣不好當下薛姨媽被寶釵勸進去了只命人來賣香菱寶釵笑道咱們家只知買人並不知賣人之說媽媽可是氣糊塗了倘或叫人聽見豈不笑話哥哥嫂子嫌他不好留着我使喚我正也沒人呢薛姨媽道留下他還是惹氣不如打發了他干淨寶釵笑道他跟着我也是一樣橫豎不叫他到前頭去從此斷絕了他那裡也與賣了的一樣香菱早已跑到薛姨媽跟前痛哭哀求不願出去情願跟姑娘薛姨媽只得罷了自此後來香菱果跟隨寶釵去了把前面路逕竟自斷絕雖然如此終不免對月傷悲挑燈自嘆雖然在薛蟠房中幾年皆因血分中有病是以並無胎孕今復加以氣怒傷肝內外折挫不堪竟釀

成干血之症日漸羸瘦飲食懶進請醫服藥不效那時金桂又吵鬧了數次薛蟠有時仗着酒胆挺撞過兩次持棍欲打那金桂便遞身叫打這裡持刀欲殺時便伸着脖項薛蟠也寔不能下手只得亂了一陣罷了如今已成習慣自然反使金桂越長威風又漸次辱嗔寶蟾寶蟾比不得香菱最是個烈火干柴既和薛蟠情投意合便把金桂放在腦後近見金桂又作賤他他便不肯低服半點先是一冲一撞的拌嘴後來金桂氣急甚至於罵再至于打他雖不敢還手便也撒潑打滾尋死覔活晝則刀剪夜則繩索無所不鬧薛蟠一身難以兩顧惟徘徊觀望十分鬧得無法便出門躲着金桂不發作性氣有時歡喜便糾聚

人來鬪牌擲骰行樂又生平最喜啃骨頭每日務要殺雞鴨將肉賞人吃只單是油炸的焦骨頭下酒吃得不耐煩便肆行海罵說有別的忘八粉頭樂的我爲什麼不樂薛家母女總不去理他惟暗裡落泪薛蟠亦無別法惟悔恨不該娶這攪家精都是一時没了主意於是寧榮二府之人上上下下無有不知無有不嘆者此時寶玉已過了百日出門行走亦曾過來見過金桂舉止形容也不怪厲一般是鮮花嫩柳與衆姊妹不差上下焉得這等情性可爲奇事因此心中納悶這日與王夫人請安去又正遇見迎春奶娘來家請安說起孫紹祖甚屬不端姑娘惟有背地裡淌眼泪只要接了來家散蕩兩日王夫人因說我

正要這兩日接他去只是七事八事的都不遂心所以就忘了前日寶玉去了回來也曾說過的明日是個好日子就接他去正說時賈母打發人來找寶玉說明兒一早往天齊廟還愿去寶玉如今巴不得各處去逛逛聽見如此喜的一夜不曾合眼次日一早梳洗穿戴已畢隨了兩三個老嬷嬷坐車出西城門外天齊廟燒香還愿這廟裡已於昨日預備停妥的寶玉天性怯懦不敢近猙獰神鬼之像是以忙忙的焚過紙馬錢粮便退至道院歇息一時吃飯畢衆嬷嬷和李貴等圍隨寶玉到各處頑耍了一回寶玉困倦復回至凈室安歇衆嬷嬷生恐他睡着了他請了當家的老王道士來陪他說話兒這老道士專在江

湖上賣藥弄些海上方治病射利廟外現掛着招牌丸散膏藥色色俱備亦長在寧榮二府走動慣熟都與他起了個渾號喚他做王一貼言他膏藥靈驗一貼病除當下王一貼進來寶玉正歪在炕上想睡看見王一貼進來笑道來得好王師父你極會說笑話兒的說一個與我們大家聽聽王一貼笑道正是呢哥兒別睡仔細肚子裡麵觔作怪說着滿屋裡的都笑了寶玉也笑着起身整衣王一貼命徒弟們快沏好茶來焙茗道我們爺不吃你的茶坐在這屋裡還嫌膏藥氣息呢王一貼笑道不當家花拉的膏藥從不拿進屋裡來的知道二爺今日必來三五日頭裡就拿香薰的了寶玉道可是呢天天只聽見你的膏

藥好到底治什麼病王一貼道若問我的膏藥說來話長其中細底一言難盡共藥一百二十味君臣相際溫凉兼用內則調元補氣養榮衛開胃口寧神定魄去寒去暑化食化痰外則和血脉舒筋絡去死生新去風散毒其效如神貼過便知寶玉道我不信一張膏藥就治這些病我且問你倒有一種病也貼得好麼王一貼道百病千災無不立效若不效二爺只管揪鬍子打我這老臉拆我這廟何如只說出病源來寶玉道你猜若猜得着便貼得好了王一貼聽了尋思一會笑道這倒難猜只怕膏藥有些不美了寶玉命他坐在身邊王一貼心動便笑着悄悄的說道我可猜着了想是二爺如今有了房中的事情要滋

助的藥可是不是話猶未完焙茗先喝道該死打嘴寶玉猶未解忙問他說什麼焙茗道信他胡說唬得王一貼不等再問只說二爺明說了罷寶玉道我問你可有貼女人的妬病的方子沒有王一貼聽了拍手笑道這可罷了不但說沒有方子就是聽也沒有聽見過寶玉笑道這樣還算不得什麼王一貼又忙道這貼妬的膏藥倒沒經過有一種湯藥或者可醫只是慢些兒不能立刻見效的寶玉道什麼湯怎麼吃法王一貼道這叫做療妬湯用極好的秋梨一個二錢冰糖一錢陳皮水三碗梨熟爲度每日清晨吃這一個梨吃來吃去就好了寶玉道這也不值什麼只怕未必見效王一貼道一劑不效吃十劑今日不效明日再吃今年不效明年再吃橫豎這三味藥都是順肺開胃不傷人的甜絲絲的又止咳嗽又好吃吃過一百歲人橫豎是要死的死了還妬什麼那時就見效了說着寶玉焙茗都大笑不止罵油嘴的牛頭王一貼道不過是閑着解午盹罷了有什麼關係說笑了你們就値錢告訴你們說連膏藥也是假的我有眞藥我還吃了做神仙呢有眞的跑到這裡來混正說着吉時已到請寶玉出去奠酒焚化錢糧散福功課完畢寶玉方進城回家那時迎春已來家好半日孫家婆娘媳婦等人已待晩飯打發回家去了迎春方哭哭啼啼在王夫人房中訴委屈說孫紹祖一味好色好賭酗酒家中所有的媳婦丫頭將及淫

遍略勸過兩三次便罵我是醋汁子老婆擰出來的又說老爺曾收着五千銀子不該使了他的如今他來要了兩三次不得便指着我的臉說道你别和我充夫人娘子你老子使了我五千銀子把你準折賣給我的好不好打你一頓攆到下房裡睡去當日有你爺爺在時希冀上我們的富貴赶着相與的論理我和你父親是一輩如今壓着我的頭晚了一輩不該做了這門親倒没的叫人看着赶勢利似的一行說一行哭得嗚嗚咽咽連王夫人並衆姊妹無不落淚王夫人只得用言解勸說已是遇見不曉事的人可怎麽樣呢想當日你叔叔也曾勸過大老爺不叫做這門親的大老爺執意不聽一心情願到底做不好了我的兒這也是你的命迎春哭道我不信我的命就這麽苦從小兒没有娘幸而過嬸娘這邊來過了幾年淨心日子如今偏又是這麽個結果王夫人一面勸一面問他隨意要在那裡安歇迎春道乍乍的離了姊妹們只是眠思夢想二則還記掛着我的屋子還得在園裡住得三五天死也甘心了不知下次還可得住不得住了呢王夫人忙勸道快休亂說年輕的夫妻們鬥牙鬥齒也是泛泛人的常事何必說這些喪話仍命人忙忙的收什紫菱洲房屋命姊妹們陪伴着解釋又吩咐寶玉不許在老太太跟前走漏一些風聲倘或老太太知道了這些事都是你說的寶玉唯唯的聽命迎春是夕仍在舊館安歇衆

姊妹丫嬛等更加親熱異常一連住了三日纔往邢夫人那邊去先辭過賈母及王夫人然後與衆姊妹分别各皆悲傷不捨還是王夫人薛姨媽等安慰勸釋方止住了過那邊去又在邢夫人處住了兩日就有孫家的人来接去迎春雖不愿去無奈孫紹祖之惡免强忍情作辭去了邢夫人本不在意也不問其夫妻和睦家務煩難只面情塞責而已要知後事下回分解

紅樓夢第八十回終